Jeder seiner drei Frauen hat Hermann Hesse ein Märchen gewidmet: *Iris* seiner ersten Lebensgefährtin Mia, *Piktors Verwandlungen* Ruth Wenger, und *Vogel* entstand im März 1933, bald nachdem er Ninon Dolbin geheiratet hatte. Es ist sein letztes und geheimnisvollstes Märchen, obwohl es ganz autobiographisch ist.

Hermann Hesse, am 2. Juli 1877 in Calw/Württemberg als Sohn eines baltendeutschen Missionars und der Tochter eines schwäbischen Indologen geboren, 1946 ausgezeichnet mit dem Nobelpreis für Literatur, ist am 9. August 1962 in Montagnola bei Lugano gestorben.

Seine Bücher, Romane, Erzählungen, Betrachtungen, Gedichte, politischen, literatur- und kulturkritischen Schriften sind mittlerweile mit einer Gesamtauflage von 100 Millionen Exemplaren in aller Welt verbreitet und haben ihn zum meistgelesenen europäischen Autor des 20. Jahrhunderts in den USA, Japan und Korea gemacht.

Gunter Böhmer, am 13. 4. 1911 in Dresden geboren, an den Kunstakademien von Dresden und Berlin bei Emil Orlik und Hans Meid als Maler und Graphiker ausgebildet, machte sich einen internationalen Namen, vor allem durch seine Illustrationen zahlreicher Werke der Weltliteratur. Von 1960 bis 1976 war er Professor für freie Graphik an der Staatlichen Akademie der Bildenden Künste in Stuttgart. 1933 emigrierte er nach Montagnola, wo er am 8. 1. 1986 starb.

insel taschenbuch 2399

Hermann Hesse

Vogel

VOGEL
EIN MÄRCHEN
von
Hermann Hesse
Böhmer

Hermann Hesse
Vogel

Ein Märchen

Illustriert von Gunter Böhmer
und mit einem Nachwort versehen
von Volker Michels

Insel Verlag

Das Umschlagmotiv wurde nach einem Aquarell
von Hermann Hesse reproduziert.

insel taschenbuch 2399
Erste Auflage 2000
Insel Verlag Frankfurt am Main und Leipzig

Vertrieb durch den Suhrkamp Taschenbuch Verlag
Umschlag nach Entwürfen von Willy Fleckhaus
Druck: Friedrich Pustet, Regensburg
Printed in Germany

1 2 3 4 5 6 – 05 04 03 02 01 00

Vogel lebte in früheren Zeiten in der Gegend des Montagsdorfes. Er war weder besonders bunt noch sang er besonders schön, noch war er etwa groß und stattlich; nein, die ihn noch gesehen haben, nennen ihn klein, ja winzig. Er war auch nicht eigentlich schön, eher war er sonderbar und fremdartig, er hatte eben das Sonderbare und Großartige an sich, was alle jene Tiere und Wesen an sich haben, welche keiner Gattung noch Art angehören. Er war nicht Habicht noch

Huhn, er war nicht Meise noch Specht noch Fink, er war der Vogel vom Montagsdorf, es gab nirgends seinesgleichen, es gab ihn nur dieses eine Mal, und man wußte von ihm seit Urzeiten und Menschengedenken, und wenn auch nur die Leute der eigentlichen Montagsdörfer Gegend ihn wirklich kannten, so wußte doch auch weithin die Nachbarschaft von ihm, und die Montagsdörfler wurden, wie jeder, der etwas ganz Besonderes zu eigen hat, manchmal auch mit ihm gehänselt. »Die Leute vom Montagsdorf«, hieß es »haben eben ihren Vogel.«

Über Careno bis nach Morbio und weiter wußte man von ihm und erzählte Geschichten von ihm. Aber wie das oft so geht: erst in neuerer Zeit, ja eigentlich erst seit er nicht mehr da ist, hat man versucht, ganz genaue und zuverlässige Auskünfte über ihn zu bekommen, viele Fremde fragten nach ihm, und schon mancher Montagsdörfler hat sich von ihnen mit Wein bewirten und ausfragen lassen, bis er endlich gestand, daß er selber den Vogel nie gesehen habe. Aber hatte auch

nicht jeder mehr ihn gesehen, so hatte doch jeder mindestens noch einen gekannt, der Vogel einmal oder öfter gesehen und von ihm erzählt hatte. Das alles wurde nun ausgeforscht und aufgeschrieben, und es war sonderbar, wie verschieden alle die Berichte und Beschreibungen lauteten, sowohl über Aussehen, Stimme und Flug des Vogels wie über seine Gewohnheiten und über die Art seines Umgangs mit den Menschen.
In früheren Zeiten soll man Vogel viel öfter gesehen haben, und wem er begegnete, der hatte immer eine Freude, es war jedesmal ein Erlebnis, ein Glücksfall, ein kleines Abenteuer, so wie es ja auch für Freunde der Natur schon ein kleines Erlebnis und Glück ist, wenn sie je und je einen Fuchs oder Kuckuck zu Gesicht bekommen und beobachten können. Es ist dann, wie wenn für Augenblicke entweder die Kreatur ihre Angst vor dem mörderischen Menschen verloren hätte, oder wie wenn der Mensch selbst wieder in die Unschuld eines vormenschlichen Lebens einbezogen wäre. Es gab Leute, welche wenig

auf Vogel achteten, wie es auch Leute gibt, die sich aus dem Fund eines ersten Enzians und aus der Begegnung mit einer alten klugen Schlange wenig machen, andre aber liebten ihn sehr, und jedem war es eine Freude und Auszeichnung, wenn er ihm begegnete.

Gelegentlich, wenn auch selten, hörte man die Meinung aussprechen, er sei vielleicht eher schädlich oder doch unheimlich: wer ihn erblickt habe, der sei eine Zeitlang so aufgeregt und träume nachts viel und unruhig, und spüre etwas wie Unbehagen oder Heimweh im Gemüt. Andre stellten das durchaus in Abrede und sagten, es gebe kein köstlicheres und edleres Gefühl als jenes, das Vogel nach jeder Begegnung hinterlasse, es sei einem dann ums Herz wie nach dem Sakrament oder wie nach dem Anhören eines schönen Liedes, man denke an alles Schöne und Vorbildliche und nehme sich im Innern vor, ein anderer und besserer Mensch zu werden.

Ein Mann namens Schalaster, ein Vetter des bekannten Sehuster, der manche Jahre Bür-

germeister des Montagsdorfes war, kümmerte sich zeitlebens besonders viel um Vogel. Jedes Jahr, erzählte er, sei er ihm ein oder zwei oder auch mehrere Male begegnet, und es sei ihm dann jedesmal tagelang sonderbar zumute gewesen, nicht eigentlich fröhlich, aber eigentümlich bewegt und erwartungs- oder ahnungsvoll, das Herz schlage an solchen Tagen anders als sonst, beinahe tue es ein klein wenig weh, auf jeden Fall spüre man es in der Brust, während man ja sonst kaum wisse, daß man ein Herz habe. Überhaupt, meinte Schalaster gelegentlich, wenn er darauf zu sprechen kam, es sei eben doch keine Kleinigkeit, diesen Vogel in der Gegend zu haben, man dürfe wohl stolz auf ihn sein, er sei eine große Seltenheit, und man sollte meinen: ein Mensch, dem sich dieser geheimnisvolle Vogel öfter als anderen zeige, der habe wohl etwas Besonderes und Höheres in sich.
(Über Schalaster sei für den Leser der höher gebildeten Stände bemerkt: Er war der Kronzeuge und die vielzitierte Hauptquelle jener

eschatologischen Deutung des Vogel-Phänomens, welche inzwischen schon wieder in Vergessenheit geraten ist; außerdem war Schalaster nach dem Verschwinden Vogels der Wortführer jener kleinen Partei im Montagsdorfe, welche unbedingt daran glaubte, daß Vogel noch am Leben sei und sich wieder zeigen werde.)

»Als ich ihn das erstemal gesehen habe«, berichtete Schalaster*, »war ich ein kleiner Knabe und ging noch nicht in die Schule. Hinter unserem Haus im Obstgarten war gerade das Gras geschnitten und ich stand bei einem Kirschenbaum, der einen niederen Ast bis zu mir herunterhangen hatte, und sah mir die harten grünen Kirschen an, da flog Vogel aus dem Baum herunter, und ich merkte gleich, daß er anders sei als die Vögel, die ich sonst gesehen hatte, und er setzte sich in die Grasstoppeln und hüpfte da herum; ich lief ihm neugierig und bewundernd durch den ganzen Garten nach, er sah mich öfter aus

* Siehe Avis montagnolens. res. gestae ex recens. Ninonis p. 285 ff.

seinen Glanzaugen an und hüpfte wieder weiter, es war, wie wenn einer für sich allein tanzt und singt, ich merkte ganz gut, daß er mich damit locken und mir eine Freude machen wolle. Am Hals hatte er etwas Weißes. Er tanzte auf dem Grasplan hin bis zum hinteren Zaun, wo die Brennesseln stehen, über die schwang er sich weg und setzte sich auf einen Zaunpfahl, zwitscherte und sah mich noch einmal sehr freundlich an, dann war er so plötzlich und unversehens wieder verschwunden, daß ich ganz erschrak. Auch später habe ich das oft bemerkt: kein andres Tier vermag so blitzschnell und immer im Augenblick, wo man nicht darauf gefaßt ist, zu erscheinen und wieder zu verschwinden wie Vogel. Ich lief hinein und zur Mutter und erzählte ihr, was mir geschehen war, da sagte sie gleich, das sei der Vogel ohne Namen, und es sei gut, daß ich ihn gesehen habe, es bringe Glück.«

Schalaster beschreibt, hierin von manchen anderen Schilderungen etwas abweichend, Vogel als klein, kaum größer als ein Zaunkönig, und das winzigste an ihm sei sein Kopf, ein wunderlich kleines, kluges und bewegliches Köpfchen, er sehe unscheinbar aus, man kenne ihn aber sofort an seinem graublonden Schopf und daran, daß er einen anschaue, das täten andere Vögel nie. Der Schopf sei, wenn auch weit kleiner, dem eines Hähers ähnlich und wippe oft lebhaft auf und ab, überhaupt sei Vogel sehr beweglich, im Flug wie auch zu Fuße, seine Bewegungen seien geschmeidig und ausdrucksvoll; es scheine immer, als habe er mit den Augen, dem Kopfnicken, dem Schopfrücken, mit Gang und Flug etwas mitzuteilen, einen an etwas zu erinnern, er erscheine immer wie im Auftrag, wie ein Bote, und so oft man ihn gesehen habe, müsse man eine Zeitlang an ihn denken und über ihn nachsinnen, was er wohl gewollt habe und bedeute. Auskundschaften und belauern lasse er sich nicht gern, nie wisse man, woher er komme, immer sei er ganz plötzlich da, sitze in der Nähe und tue, als sei er da immer gesessen, und dann habe er diesen freundlichen Blick. Man wisse doch, daß die Vögel sonst harte, scheue und glasige Augen haben und einen nicht anschauen, er aber blicke ganz heiter und gewissermaßen wohlwollend.

Von alters her gab es über Vogel auch verschiedene Gerüchte und Sagen. Heute hört man ja seltener von ihm sprechen, die Menschen haben sich verändert und das Leben ist härter geworden, die jungen Leute gehen fast alle zur Arbeit in die Stadt, die Familien sitzen nicht mehr die Sommerabende auf der

Türstufe und die Winterabende am Herdfeuer beisammen, man hat zu nichts mehr Zeit, kaum kennt so ein junger Mensch von heute noch ein paar Waldblumen oder einen Schmetterling mit Namen. Dennoch hört man auch heute noch gelegentlich eine alte Frau oder einen Großvater den Kindern Vogelgeschichten erzählen. Eine von diesen Vogelsagen, vielleicht die älteste, berichtet: Vogel vom Montagsdorf sei so alt wie die Welt, er sei einstmals dabeigewesen, als Abel von seinem Bruder Kain erschlagen wurde, und habe einen Tropfen von Abels Blut getrunken, dann sei er mit der Botschaft von Abels Tod davongeflogen und teile sie heute noch den Leuten mit, damit man die Geschichte nicht vergesse und sich von ihr mahnen lasse, das Menschenleben heiligzuhalten und brüderlich miteinander zu leben. Diese Abelsage ist auch schon in alten Zeiten aufgezeichnet worden und es gibt Lieder über sie, aber die Gelehrten sagen, die Sage vom Abelvogel sei zwar uralt, sie werde in vielen Ländern und Sprachen erzählt, aber auf den

Vogel vom Montagsdorf sei sie wohl nur irrtümlich übertragen worden. Sie geben zu bedenken, daß es doch ungereimt wäre, wenn der vieltausendjährige Abelvogel sich später in dieser einzigen Gegend niedergelassen und nirgends sonst sich mehr gezeigt hätte.
Wir könnten nun zwar unsrerseits »zu bedenken geben«, daß es in den Sagen nicht immer so vernünftig zuzugehen braucht wie an Akademien, und könnten fragen, ob es nicht gerade die Gelehrten sind, durch welche in die Frage nach Vogel so viel Ungewißheit und Widersprüche hineingekommen sind; denn früher ist, soweit wir wissen, über Vogel und seine Sagen niemals Streit entstanden, und wenn einer über Vogel anderes erzählte als sein Nachbar, so nahm man das gelassen hin und es diente sogar Vogel zur Ehre, daß die Menschen über ihn so verschieden denken und erzählen konnten. Man könnte noch weitergehen und gegen die Gelehrten den Vorwurf erheben, sie hätten nicht nur die Ausrottung Vogels auf dem Gewissen, sondern seien durch ihre Unter-

suchungen jetzt auch noch bestrebt, die Erinnerung an ihn und die Sagen von ihm in nichts aufzulösen, wie ja denn das Auflösen, bis nichts übrigbleibe, zu den Beschäftigungen der Gelehrten zu gehören scheine. Allein wer von uns hätte den traurigen Mut, die Gelehrten so gröblich anzugreifen, denen doch die Wissenschaft so manches, wenn nicht alles verdankt?

Nein, kehren wir zu den Sagen zurück, welche früher über Vogel erzählt wurden und von welchen auch heute noch Reste beim Landvolk zu finden sind. Die meisten von ihnen erklärten Vogel für ein verzaubertes, verwandeltes oder verwünschtes Wesen. Auf den Einfluß der Morgenlandfahrer, in deren Geschichte die Gegend zwischen Montagsdorf und Morbio eine gewisse Rolle spielt und deren Spuren man dort allerorten antrifft, mag die Sage zurückzuführen sein, Vogel sei ein verzauberter Hohenstaufe, nämlich jener letzte große Kaïser und Magier aus diesem Geschlecht, der in Sizilien geherrscht und die Geheimnisse der arabischen Weisheit

gekannt hat. Meistens hört man sagen, Vogel sei früher ein Prinz gewesen oder auch (wie z. B. Sehuster gehört haben will) ein Zauberer, welcher einst ein rotes Haus am Schlangenhügel bewohnte und in der Gegend Ansehen genoß, bis das neue Flachsenfingische Landrecht in der Gegend eingeführt wurde, wonach mancher brotlos wurde, weil das Zaubern, Versemachen, Sichverwandeln und andre solche Gewerbe für verboten erklärt und mit Infamie belegt wurden. Damals habe der Zauberer Brombeeren und Akazien um sein rotes Haus gesät, das denn auch bald in Dornen verschwand, habe sein Grundstück verlassen und sei, von den Schlangen in langem Zuge begleitet, in den Wäldern verschwunden. Als Vogel kehre er von Zeit zu Zeit wieder, um Menschenseelen zu berükken und wieder Zauberei zu üben. Nichts andres als Zauber sei natürlich der eigentümliche Einfluß, den er auf viele habe; der Erzähler wolle es dahingestellt sein lassen, ob es Zauberei von der weißen oder der schwarzen Art sei, die er treibe.

Ebenfalls auf die Morgenlandfahrer zurückzuführen sind ohne Zweifel jene merkwürdigen, auf eine Schicht mutterrechtlicher Kultur deutenden Sagenreste, in welchen die »Ausländerin«, auch Ninon genannt, eine Rolle spielt. Manche dieser Fabeleien berichten, dieser Ausländerin sei es gelungen, Vogel einzufangen und jahrelang gefangenzuhalten, bis das Dorf sich einst empört und

Portrait: Ninon Hesse

seinen Vogel wieder befreit habe. Es gibt aber auch das Gerücht, Ninon, die Ausländerin, habe Vogel, noch lange ehe er in Vogelgestalt verwunschen wurde, noch als Magier gekannt und habe im roten Hause mit ihm gewohnt, sie hätten dort lange schwarze Schlangen und grüne Eidechsen mit blauen Pfauenköpfen gezüchtet, und noch heute sei der Brombeerenhügel überm Montagsdorf voller Schlangen, und noch heute könne man deutlich sehen, wie jede Schlange und jede Eidechse, wenn sie über jene Stelle komme, wo einst die Schwelle zur Zauberwerkstatt des Magiers gewesen, einen Augenblick innehalte, den Kopf emporhebe und sich dann verneige. Eine längst verstorbene uralte Frau im Dorf namens Nina soll diese Version erzählt und darauf geschworen haben, sie habe oft und oft auf jenem Dornenhügel Kräuter gesucht und dabei die Nattern sich an jener Stelle verneigen sehen, wo noch jetzt der vielhundertjährige Strunk eines Rosenbäumchens den Eingang zum einstigen Zaubererhaus bezeichne. Dagegen versichern andre

Stimmen auf das bestimmteste, Ninon habe mit dem Zauberer nicht das mindeste zu tun gehabt, sie sei erst viel, viel später im Gefolge der Morgenlandfahrer in diese Gegend gekommen, als Vogel längst ein Vogel gewesen sei.

Noch ist kein volles Menschenalter hingegangen, seit Vogel zuletzt gesehen worden

ist. Aber die alten Leute sterben so unversehens weg, auch der »Baron« ist jetzt tot und auch der vergnügte Mario geht längst nicht mehr so aufrecht einher, wie wir ihn gekannt haben, und eines Tages wird plötzlich keiner mehr dasein, der die Vogelzeit noch miterlebt hat, darum wollen wir, so verworren sie scheint, die Geschichte aufzeichnen, wie es mit Vogel stand und wie es dann mit ihm ein Ende genommen hat.

Liegt auch das Montagsdorf ziemlich abseits und sind die stillen kleinen Waldschluchten jener Gegend nicht vielen bekannt, wo der Milan den Wald regiert und der Kuckuck allerenden ruft, so sind doch des öfteren auch Fremde Vogels ansichtig und mit seinen Legenden bekannt geworden; der Maler Klingsor soll lange in einer Palastruine dort gehaust haben, die Schlucht von Morbio wurde durch den Morgenlandfahrer Leo bekannt (von ihm soll übrigens, nach einer eher absurden Variante der Sage, Ninon das Rezept des Bischofsbrotes erhalten haben, mit dem sie Vogel fütterte und wodurch sie ihn zähmte). Kurz, es sprach sich über unsre jahrhundertelang so unbekannte und unbescholtene Gegend manches in der Welt herum, und es gab fern von uns in Großstädten und an Hochschulen Leute, welche Dissertationen über den Weg Leos nach Morbio schrieben und sich sehr für die verschiede-

nen Erzählungen vom Montagsdörfer Vogel interessierten. Es wurde dabei allerlei Voreiliges gesagt und geschrieben, das die ernstere Sagenforschung wieder auszumerzen bemüht ist. Unter andrem tauchte mehr als einmal die absurde Behauptung auf, Vogel sei identisch mit dem bekannten Piktorvogel, welcher in Beziehungen zum Maler Klingsor stand und die Gabe der Verwandlung sowie viel geheimes Wissen besaß. Aber jener durch Piktor bekanntgewordene »Vogel rot und grün, ein Vogel schön und kühn« ist in den Quellen* so genau beschrieben, daß man die Möglichkeit einer solchen Verwechslung kaum begreift.
Und endlich spitzte sich dieses Interesse der gelehrten Welt für uns Montagsdörfler und unsern Vogel, und damit zugleich die Geschichte Vogels folgendermaßen zu. Es lief eines Tages bei unsrem damaligen Bürgermeister, es war der schon erwähnte Sehuster, ein Schreiben seiner vorgesetzten Behörde

* Piktoris cuiusdam de mutationibus, Bibl. av. Montagn. codex LXI

ein des Inhalts, durch seine H. G., den Herrn Gesandten des Ostgotischen Kaiserreichs werde, im Auftrage von Geheimrat Lützkenstett dem Vielwissenden, dem dasigen Bürgermeisteramt folgendes mitgeteilt und zur Bekanntmachung in seiner Gemeinde dringlich empfohlen: Ein gewisser Vogel ohne Namen, in mundartlichen Redewendungen als »Vogel vom Montagsdorf« bezeichnet, werde unter Unterstützung des Kultusministeriums von Geheimrat Lützkenstett erforscht und gesucht. Wer Mitteilungen über den Vogel, seine Lebensweise, seine Nahrung, über die von ihm handelnden Sprichwörter, Sagen usw. zu machen habe, möge sie durch das Bürgermeisteramt an die Kaiserlich Ostgotische Gesandtschaft in Bern richten. Ferner: wer genanntem Bürgermeisteramt, zur Übermachung an ebenjene Gesandtschaft, fraglichen Vogel lebendig und gesund einliefere, solle dafür eine Belohnung von tausend Dukaten in Gold bekommen; für den toten Vogel hingegen oder seinen wohlerhaltenen Balg käme nur eine

Entlohnung von hundert Dukaten in Betracht.

Lange saß der Bürgermeister und studierte dieses amtliche Schreiben. Es schien ihm unbillig und lächerlich, zu was allem die Behörden sich da wieder hergaben. Wäre ihm, Sehustern, dieses selbe Ansinnen von seiten des gelehrten Goten selber oder auch von seiten der ostgotischen Gesandtschaft zugegangen, so hätte er es unbeantwortet vernichtet, oder er hätte den Herren kurz angedeutet, für solche Spielereien sei Bürgermeister Sehuster nicht zu haben und sie möchten ihm freundlichst in die Schuhe blasen. So aber kam das Ansinnen von seiner eigenen Behörde, es war ein Befehl, und dem Befehl mußte er Folge leisten. Auch der alte Gemeindeschreiber Balmelli, nachdem er das Schreiben mit weitsichtigen Augen und lang ausgestreckten Armen gelesen, unterdrückte das spöttische Lächeln, dessen ihm diese Affäre würdig schien, und stellte fest: »Wir müssen gehorchen, Herr Sehuster, es hilft nichts. Ich werde den Text für einen öffentlichen Anschlag aufsetzen.«

Nach einigen Tagen erfuhr es also die ganze Gemeinde durch Anschlag am Rathausbrett: Vogel war vogelfrei, das Ausland begehrte ihn und setzte Preise auf seinen Kopf, Eidgenossenschaft und Kanton hatten es unterlassen, den sagenhaften Vogel in Schutz zu nehmen, wie immer kümmerten sie sich den Teufel um den kleinen Mann und das, was ihm lieb und wert ist. Dies war wenigstens

Montagsdorf
Tessin.
G. Böhmer

die Meinung Balmellis und vieler. Wer den armen Vogel fangen oder totschießen wollte, dem winke hoher Lohn, und wem es gelang, der war ein wohlhabender Mann. Alle sprachen davon, alle standen beim Rathaus, drängten sich um das Anschlagbrett und äußerten sich lebhaft. Die jungen Leute waren höchst vergnügt, sie beschlossen, alsbald Fallen zu stellen und Ruten zu legen. Die alte Nina schüttelte den greisen Sperberkopf und sagte: »Es ist eine Sünde, und der Bundesrat sollte sich schämen. Sie würden den Heiland selber ausliefern, diese Leute, wenn es Geld einbrächte. Aber sie kriegen ihn nicht, Gott sei Dank, sie kriegen ihn nicht!«

Ganz still verhielt sich Schalaster, des Bürgermeisters Vetter, als auch er den Anschlag gelesen hatte. Er sagte kein Wort: las sehr aufmerksam ein zweites Mal, unterließ darauf den Kirchgang, den er an jenem Sonntagmorgen im Sinn gehabt hatte, schritt langsam gegen das Haus des Bürgermeisters, trat in dessen Garten, besann sich plötzlich eines andern, kehrte um und lief nach Hause.

Schalaster hatte zeitlebens zu Vogel ein besonderes Verhältnis gehabt. Er hatte ihn öfter als andre gesehen und besser beobachtet, er gehörte, wenn man so sagen darf, zu denen, welche an Vogel glaubten, ihn ernst nahmen und eine Art von höherer Bedeutung zuschrieben. Darum wirkte auf diesen Mann die Bekanntmachung sehr heftig und sehr zwiespältig. Im ersten Augenblick freilich empfand er nichts anderes als die alte Nina und als die meisten bejahrten und ans Hergebrachte anhänglichen Bürger: er war erschrocken und war empört darüber, daß auf ausländisches Begehren hin sein Vogel, ein Schatz und Wahrzeichen von Dorf und Gegend, sollte ausgeliefert und gefangen oder getötet werden! Wie, dieser seltene und geheimnisvolle Gast aus den Wäldern, dieses märchenhafte, seit alters bekannte Wesen, wegen dessen das Montagsdorf berühmt und auch bespöttelt worden war und von dem es so mancherlei Erzählungen und Sagen vererbte – dieser Vogel sollte um Geldes und der Wissenschaft willen der mörderischen Neugierde eines Gelehrten hingeopfert werden? Es schien unerhört und schlechthin undenkbar. Es war ein Sakrileg, wozu man da aufgefordert wurde. Indessen jedoch andrerseits, wenn man alles erwog und dies und jenes in diese und jene Waagschale warf: war nicht demjenigen, der das Sakrileg vollzöge, ein außerordentliches und glänzendes Schicksal zugesagt? Und bedurfte es, um des gepriesenen Vogels habhaft zu werden, nicht vermutlich eines besonderen, auserwählten und von lange her vorbestimmten Mannes, eines, der schon von Kindesbeinen an in einem geheimeren und vertrauteren Umgang mit Vogel stand und in dessen Schicksale verflochten war? Und wer konnte dieser auserwählte und einzigartige Mann sein, wer anders als er, Schalaster? Und wenn es ein Sakrileg und ein Verbrechen war, sich an Vogel zu vergreifen, ein Sakrileg vergleichbar dem Verrat des Judas Ischariot am Heilande – war denn nicht eben dieser Verrat, war nicht des Heilands Tod und Opferung notwendig und heilig und seit den älte-

sten Zeiten vorbestimmt und prophezeit gewesen? Hätte es, so fragte Schalaster sich und die Welt, hätte es das geringste genützt, hätte es Gottes Ratschluß und Erlösungswerk etwa im mindesten ändern oder hindern können, wenn jener Ischariot sich aus Moral- und Vernunftgründen seiner Rolle entzogen und des Verrats geweigert hätte?
Solche Wege etwa liefen die Gedanken Schalasters, und sie wühlten ihn gewaltig auf. In demselben heimatlichen Obstgarten, wo er einst als kleiner Knabe Vogel zum erstenmal erblickt und den wunderlichen Glücksschauer dieses Abenteuers gespürt hatte, wandelte er jetzt auf der Rückseite seines Hauses unruhig auf und nieder, am Ziegenstall, am Küchenfenster, am Kaninchenverschlag vorbei, mit dem Sonntagsrock die an der Scheunenrückwand aufgehängten Heurechen, Gabeln und Sensen streifend, von Gedanken, Wünschen und Entschlüssen bis zur Trunkenheit erregt und benommen, schweren Herzens, an jenen Judas denkend, tausend schwere Traumdukaten im Sack.

Inzwischen ging im Dorfe die Aufregung weiter. Dort hatte sich seit dem Bekanntwerden der Nachricht fast die ganze Gemeinde vor dem Rathaus versammelt, von Zeit zu Zeit trat einer ans Brett, um den Anschlag nochmals anzustarren, alle brachten ihre Meinungen und Absichten kraftvoll und mit gutgewählten Beweisen aus Erfahrung, Mutterwitz und Heiliger Schrift zum Ausdruck, nur wenige gab es, welche nicht vom ersten Augenblick an ja oder nein zu diesem Anschlag sagten, der das ganze Dorf in zwei Lager spaltete. Wohl ging es manchem so wie Schalastern, daß er nämlich die Jagd auf Vogel scheußlich fand, die Dukaten indessen doch gern gehabt hätte, allein es war nicht eines jeden Sache, diesen Zwiespalt so sorgfältig und kompliziert in sich zum Austrag zu bringen. Die jungen Burschen nahmen es am leichtesten. Moralische oder heimatschützlerische Bedenken konnten ihre Unternehmungslust nicht anfechten. Sie meinten, man müsse es mit Fallen probieren, vielleicht habe man Glück und erwische den Vogel, wenn auch die Hoffnung vielleicht nicht groß sei, man wisse ja nicht, mit welchen Ködern Vogel zu locken sei. Bekäme ihn aber einer zu Gesicht, so tue er wohl daran, unverzüglich zu schießen, denn schließlich seien hundert Dukaten im Beutel immerhin besser als tausend in der Einbildung. Laut wurde ihnen zugestimmt, sie genossen ihre Taten im voraus und stritten sich schon über die Einzelheiten der Vogeljagd. Man solle ihm ein gutes Gewehr geben, schrie einer, und eine kleine Anzahlung von einem halben Dukaten, so sei er bereit, sofort loszuziehen und den ganzen Sonntag zu opfern. Die Gegner aber, zu denen fast alle älteren Leute gehörten, fanden das alles unerhört und riefen oder murmelten Sprüche der Weisheit und Verwünschungen über dies Volk von heute, dem nichts mehr heilig und Treu und Glauben abhanden gekommen sind. Ihnen erwiderten lachend die Jungen, daß es sich hier nicht um Treu und Glauben handle, sondern um das Schießenkönnen, und daß sich ja immer die Tugend und Weisheit bei jenen finde, deren halbblinde Augen auf keine Vögel mehr zielen und deren Gichtfinger keine Flinte mehr halten könnten.

Und so ging es munter hin und wider, und das Volk übte seinen Witz an dem neuen Problem, beinah hätten sie die Mittags- und Essensstunde vergessen. In mehr oder weniger naher Beziehung zu Vogel berichteten sie leidenschaftlich und beredt von Erfolgen und von Mißerfolgen in ihren Familien, erinnerten jedermann eindringlich an den seligen Großvater Nathanael, an den alten Sehuster, an den sagenhaften Durchmarsch der Morgenlandfahrer, führten Verse aus dem Gesangbuch und gute Stellen aus Opern an, fanden einander unausstehlich und konnten sich doch voneinander nicht trennen, beriefen sich auf Wahlsprüche und Erfahrungssätze ihrer Vorfahren, hielten Monologe über frühere Zeiten, über den verstorbenen Bischof, über durchlittene Krankheiten. Ein alter Bauer z. B. wollte während eines schweren Leidens vom Krankenlager aus

durchs Fenster Vogel erblickt haben, nur einen Augenblick, aber von diesem Augenblick an sei es ihm besser gegangen. Sie redeten, teils jeder für sich und an innere Gesichte hingegeben, teils den Dorfgenossen zugewendet, werbend oder anklagend, zustimmend oder verhöhnend, sie hatten im Streit wie in der Einigkeit ein wohltuendes Gefühl von der Stärke, dem Alter, dem ewigen Bestand ihrer Zusammengehörigkeit, kamen sich alt und klug, kamen sich jung und klug vor, hänselten einander, verteidigten mit Wärme und vollem Recht die guten Sitten der Väter, zogen mit Wärme und vollem Recht die guten Sitten der Väter in Zweifel, pochten auf ihre Vorfahren, lächelten über ihre Vorfahren, rühmten ihr Alter und ihre Erfahrung, rühmten ihre Jugend und ihren Übermut, ließen es bis nahe zur Prügelei kommen, brüllten, lachten, kosteten Gemeinschaft und Reibung, wateten alle bis zum Halse in der Überzeugung, recht zu haben und es den andern tüchtig gesagt zu haben. Mitten in diesen Redeübungen und Partei-

bildungen, während gerade die neunzigjährige Nina ihren blonden Enkel beschwor, seiner Ahnen zu gedenken und sich doch nicht dieser gottlosen und grausamen, dazu gefährlichen Vogeljagd anzuschließen, und während die Jungen ehrfurchtslos vor ihrem greisen Angesicht eine Jagdpantomime aufführten, imaginäre Büchsen an ihre Wangen legten, mit eingekniffenem Auge zielten und dann piff, paff! schrien, da ereignete sich etwas so ganz Unerwartetes, daß alt und jung mitten im Wort verstummten und wie versteinert stehenblieben.
Auf einen Ausruf des alten Balmelli hin folgten alle Blicke der Richtung seines ausgestreckten Armes und Fingers, und sie sahen, in plötzlich eingetretenem tiefen Schweigen, wie vom Dach des Rathauses sich Vogel, der vielbesprochene Vogel, herabschwang, auf der Kante des Anschlagbrettes sich niedersetzte, den runden kleinen Kopf am Flügel rieb, den Schnabel wetzte und eine kurze Melodie zwitscherte, wie er mit dem flinken Schwänzchen auf und niederwippend Triller

schlug, wie er das Schöpfchen in die Höhe sträubte und sich, den manche von den Dorfleuten nur vom Hörensagen kannten, vor aller Augen eine ganze Weile putzte und zeigte und den Kopf neugierig hinunterbog, als wolle auch er diesen Anschlag der Behörde lesen und erfahren, wie viele Dukaten auf ihn geboten seien. Es mochten vielleicht bloß ein paar Augenblicke sein, daß er sich aufhielt, es kam aber allen wie ein feierlicher Besuch und eine Herausforderung vor, und niemand machte jetzt piff, paff!, sondern sie standen alle und staunten bezaubert auf den kühnen Gast, der da zu ihnen geflogen gekommen war und diesen Ort und Augenblick sichtlich nur gewählt hatte, um sich über sie lustig zu machen.
Verwundert und verlegen glotzten sie auf ihn, der sie so überrascht hatte, beseligt und mit Wohlwollen starrten sie den feinen kleinen Burschen an, von welchem da eben soviel gesprochen worden, wegen dessen ihre Gegend berühmt war, der einst ein Zeuge von Abels Tod oder ein Hohenstaufe oder

Prinz oder Zauberer gewesen war und in einem roten Haus am Schlangenhügel gewohnt hatte, dort, wo noch jetzt die vielen Nattern lebten, ihn, der die Neugierde und Habgier ausländischer Gelehrter und Großmächte erweckt hatte, ihn, auf dessen Gefangennahme ein Preis von tausend Goldstücken gesetzt war. Sie bewunderten und liebten ihn alle sehr, auch die, welche schon eine Sekunde später vor Ärger fluchten und stampften, daß sie nicht ihr Jagdgewehr bei sich gehabt hätten, sie liebten ihn und waren auf ihn stolz, er gehörte ihnen, er war ihr Ruhm, ihre Ehre, er saß, mit dem Schwanze wippend, mit gesträubtem Schöpfchen, dicht über ihren Köpfen auf der Brettkante wie ihr Fürst oder ihr Wappen. Und erst als er plötzlich entschwunden und die von allen angestarrte Stelle leer war, erwachten sie langsam aus der Bezauberung, lachten einander zu, riefen bravo, priesen den Vogel hoch, schrien nach Flinten, fragten, nach welcher Richtung er entflogen sei, erinnerten sich, daß dies derselbe Vogel sei, von dem der alte Bauer einst

geheilt worden, den der Großvater der neunzigjährigen Nina schon gekannt hatte, fühlten etwas Wunderliches, etwas wie Glück und Lachlust und aber zugleich etwas wie Geheimnis, Zauber und Grausen, und fingen plötzlich alle an, auseinanderzulaufen, um zur Suppe nach Haus zu kommen und um jetzt dieser aufregenden Volksversammlung ein Ende zu machen, in welcher alle Gemütskräfte des Dorfes in Wallung gekommen waren und deren König offenbar Vogel gewesen war. Es wurde still vor dem Rathaus, und als eine Weile später das Mittagsläuten anhob, lag der Platz leer und ausgestorben, und auf das weiße besonnte Papier des Anschlags sank langsam Schatten herab, der Schatten der Leiste, auf welcher eben noch Vogel gesessen war.
Schalaster schritt unterdessen, in Gedanken versunken, hinter seinem Hause auf und ab, an den Rechen und Sensen, am Kaninchen- und am Ziegenstall vorbei; seine Schritte waren allmählich ruhig und gleichmäßig geworden, seine theologischen und morali-

schen Erwägungen kamen immer näher zum Gleichgewicht und Stillstand. Die Mittagsglocke weckte ihn, leicht erschrocken und ernüchtert kehrte er zum Augenblick zurück, erkannte den Glockenruf, wußte, daß nun sogleich die Stimme seiner Frau ihn zum Essen rufen werde, schämte sich ein klein wenig seiner Versponnenheit und trat härter mit den Stiefeln auf. Und jetzt, gerade in dem Augenblick, da die Stimme seiner Frau sich erhob, um die Dorfglocke zu bestätigen, war es ihm mit einemmal, als flimmere es ihm vor den Augen. Ein schwirrendes Geräusch pfiff dicht an ihm vorbei und etwas wie ein kurzer Luftzug, und im Kirschbaum saß Vogel, saß leicht wie eine Blüte am Zweig und wippte spielend mit seinem Federschopf, drehte das Köpfchen, piepte leise, schaute dem Mann in die Augen, er kannte den Vogelblick seit seinen Kinderjahren, und war schon wieder aufgehüpft und durch Gezweig und Lüfte entschwunden, noch ehe der starr blickende Schalaster Zeit gehabt hatte, das Schnellerwerden seines Herzschlags richtig zu spüren.

Von dieser sonntäglichen Mittagsstunde an, in welcher Vogel auf Schalasters Kirschbaum saß, ist er nur noch ein einziges Mal von einem Menschen erblickt worden, und zwar nochmals von ebendiesem Schalaster, dem Vetter des damaligen Bürgermeisters. Er hatte es sich fest vorgenommen, Vogels habhaft zu werden und die Dukaten zu bekommen, und da er, der alte Vogelkenner, genau wußte, daß es niemals glücken würde, ihn einzufangen, hatte er eine alte Flinte instand gesetzt und sich einen Vorrat Schrot vom feinsten Kaliber verschafft, den man Vogeldunst nannte. Würde er, so war seine Rechnung, mit diesem feinen Schrot auf ihn schießen, so war es wahrscheinlich, daß Vogel nicht getötet und zerstückt herabfiele, sondern daß eins der winzigen Schrotkörnchen ihn leicht verletzen und der Schreck ihn betäuben würde. So war es möglich, ihn lebendig in die Hände zu bekommen. Der umsichtige Mann bereitete alles vor, was seinem Vorhaben dienen konnte, auch einen kleinen Singvogelkäfig zum Einsperren des Gefangenen, und von nun an gab er sich die erdenklichste Mühe, sich niemals weit von seiner stets geladenen Flinte zu entfernen. Wo immer es anging, führte er sie bei sich, und wo es nicht anging, etwa beim Kirchgang, tat es ihm leid um den Gang.

Trotzdem hatte er in dem Augenblick, da ihm Vogel wieder begegnete – es war im Herbst jenes Jahres –, seine Flinte gerade nicht zur Hand. Es war ganz in der Nähe seines Hauses, Vogel war wie gewohnt lautlos aufgetaucht und hatte ihn erst, nachdem er sich niedergesetzt, mit dem vertrauten Zwitschern begrüßt; er saß vergnügt auf einem knorrigen Aststrunk der alten Weide, von welcher Schalaster stets die Zweige zum Aufbinden des Spalierobstes schnitt. Da saß er, keine zehn Schritte weit, und zwitscherte und schwatzte, und während sein Feind im Herzen noch einmal jenes wunderliche Glücksgefühl spürte (selig und weh zugleich, als würde man an ein Leben gemahnt, das zu leben man doch nicht fähig war), lief ihm zugleich der Schweiß in den Nacken vor Bangigkeit und Sorge, wie er rasch genug zu seinem Schießgewehr kommen sollte. Er wußte ja, daß Vogel niemals lange blieb. Er eilte ins Haus, kam mit der Flinte zurück, sah Vogel noch immer in der Weide sitzen und pirschte sich nun langsam und leise auftretend näher und näher zu ihm hin. Vogel war arglos, ihm machte weder die Flinte noch das wunderliche Benehmen des Mannes Sorge, eines aufgeregten Mannes mit stieren Augen, geduckten Bewegungen und schlechtem Gewissen, dem es sichtlich viel Mühe machte, den Unbefangenen zu spielen. Vogel ließ ihn nahe herankommen, blickte ihn vertraulich

an, suchte ihn zu ermuntern, schaute schelmisch zu, wie der Bauer die Flinte hob, wie er ein Auge zudrückte und lange zielte. Endlich krachte der Schuß, und noch hatte das Rauchwölkchen sich nicht in Bewegung gesetzt, so lag Schalaster schon auf den Knien unter der Weide und suchte. Von der Weide bis zum Gartenzaun und zurück, bis zu den Bienenständen und zurück, bis zum Bohnenbeet und zurück suchte er das Gras ab, jede Handbreit, zweimal, dreimal, eine Stunde lang, zwei Stunden lang, und am nächsten Morgen wieder und wieder. Er konnte Vogel nicht finden, er konnte nicht eine einzige Feder von ihm finden. Er hatte sich davongemacht, es war ihm hier zu plump zugegangen, es hatte zu laut geknallt, Vogel liebte die Freiheit, er liebte die Wälder und die Stille, es hatte ihm hier nicht mehr gefallen. Fort war er, auch diesmal hatte Schalaster nicht sehen können, nach welcher Richtung er entflogen war. Vielleicht war er ins Haus am Schlangenhügel heimgekehrt, und die blaugrünen Eidechsen verneigten sich an der

Schwelle vor ihm. Vielleicht war er noch weiter in die Bäume und Zeiten zurück entflohen, zu den Hohenstaufen, zu Kain und Abel, ins Paradies.
Seit jenem Tag ist Vogel nicht mehr gesehen worden. Gesprochen wurde noch viel von ihm, das ist auch heute nach allen den Jahren noch nicht verstummt, und in einer ostgotischen Universitätsstadt erschien ein Buch über ihn.
Wenn in den alten Zeiten allerlei Sagen über ihn erzählt wurden, so ist er seit seinem Verschwinden selber eine Sage geworden, und bald wird niemand mehr sein, der es wird beschwören können, daß Vogel wirklich gelebt hat, daß er einst der gute Geist seiner Gegend war, daß einst hohe Preise auf ihn ausgesetzt waren, daß einst auf ihn geschossen worden ist. Das alles wird einst, wenn in,spätern Zeiten wieder ein Gelehrter diese Sage erforscht, vielleicht als Erfindung der Volksphantasie nachgewiesen und aus den Gesetzen der Mythenbildung Zug um Zug erklärt werden. Denn es ist freilich nicht zu

leugnen: überall und immer wieder gibt es Wesen, die von den andern als besonders, als hübsch und anmutig empfunden und von manchen als gute Geister verehrt werden, weil sie an ein schöneres, freieres, beschwingteres Leben mahnen, als wir es führen, und überall geht es dann ähnlich: daß die Enkel sich über die guten Geister der Großväter lustig machen, daß die hübschen anmutigen Wesen eines Tages gejagt und totgeschlagen werden, daß man Preise auf ihre Köpfe oder Bälge setzt und daß dann ein wenig später ihr Dasein zu einer Sage wird, die mit Vogelflügeln weiterfliegt.

Niemand kann sagen, welche Formen einst die Kunde von Vogel noch annehmen wird. Daß Schalaster erst in jüngster Zeit auf eine schreckliche Art verunglückt ist, höchstwahrscheinlich durch Selbstmord, sei der Ordnung wegen noch berichtet, ohne daß wir uns erlauben möchten, Kommentare daran zu knüpfen.

Nachwort

Hermann Hesse, Federzeichnung, um 1934

»Vogel« ist das letzte und wohl ungewöhnlichste Märchen, das Hermann Hesse geschrieben hat. Es entstand im März 1933, bald nachdem er sich zu einer dritten und letzten Heirat mit der Kunsthistorikerin Ninon Dolbin (geb. Auslaender) entschlossen hatte, die ihm seit der Niederschrift des *Steppenwolf* bis zu seinem Tod mehr als drei Jahrzehnte zur Seite stand. Jeder seiner Frauen hat Hesse ein Märchen gewidmet. Für Mia Hesse (geb. Bernoulli), die Mutter seiner drei Söhne, schrieb er das 1918 entstandene Märchen »Iris«, für Ruth (geb. Wenger) das 1922 konzipierte Bildermärchen »Piktors Verwandlungen« und für Ninon das Selbstportrait vom sagenumwobenen Vogel.

»Vogel« war der Kosename, den Ninon Hesse (1895-1966) für ihren Mann gewählt hatte. Dafür gab es neben physiognomischen Ähnlichkeiten (mit Hesses Gesichtszügen im Profil) gute Gründe. Denn in seinen Werken spielen Vögel eine bedeutende Rolle und auch fast jedes zehnte seiner Gedichte verwendet Vogel- oder Flugmotive. Noch in einem seiner letzten Gedichte heißt es: »Vogelschwingen möcht ich breiten / Aus dem Bann der mich umgrenzt, / Dorthinüber zu den

Zeiten, / Deren Gold mir heut noch glänzt.« Hier, wie in Hesses Romanen, Erzählungen und Betrachtungen, sind sie Sinnbilder unserer Psyche, z. B. im Gedicht »Keine Rast«, das geradezu mit dem Vergleich einsetzt »Seele, banger Vogel du«. Im *Demian*-Kapitel »Der Vogel kämpft sich aus dem Ei«, verweisen sie auf Emanzipation und Freiheit im Gegensatz zu den gestutzten Schwingen des Turmfalken in der frühen Erzählung »Aus Kinderzeiten«. Zugleich symbolisieren sie alles Kecke, Kühne und Zutrauliche (siehe die Erzählung »Die Dohle«, 1951), aber auch alles Scheue, Entschwebende, den Wandertrieb, die Schwerelosigkeit und den distanzierten Überblick aus luftigen Höhen. Ihr werbender Lockruf und Gesang steht für Liebe und Phantasie. Wenn man weiß, daß für Hesse, wie er 1914 in einer Buchbesprechung schrieb, der »Anfang aller Kunst die Liebe« ist, daß »Wert und Umfang jeder Kunst vor allem durch des Künstlers Fähigkeit zur Liebe bestimmt werden«, dann hat man vielleicht den besten Schlüssel zum Verständnis dieses Märchens, das sich nur dem voll erschließt, der auch Hesses früheren Werken ein wenig Zuwendung entgegengebracht hat.

Zwei Jahre bevor sich der Dichter seine Inkarnation als Vogel ausdachte, hatte er die Fabel von der

Morgenlandfahrt beendet und darin »die auf Geheimübungen beruhende Fähigkeit des magischen Eintretens in entlegene Zeiten und Kulturzustände« beschrieben. Unmittelbar darauf begann er mit der Konzeption seines Alterswerkes *Das Glasperlenspiel*. Die 1932/33 entstandenen Frühfassungen des Einführungskapitels in diesem pädagogischen Roman zeigen, wie sehr ihm die politische Entwicklung in Deutschland zu schaffen machte, die bald darauf zu Hitlers Machtergreifung führen sollte. Nachdem die dritte und vorletzte Fassung der Einleitung zum *Glasperlenspiel* abgeschlossen war, unterbrach er diese Arbeit, um das »Vogel«-Märchen zu schreiben, das er in einem Brief an den Berliner Buchdrucker Hans Popp vom Oktober 1933 als »reine Dichtung, als etwas außerordentlich Persönliches« bezeichnete. Sie sei nur »einem kleinen Kreis voll verständlich, noch intimer als die *Morgenlandfahrt*«. Denn je flacher und krakehlerischer das deutsche und europäische Geistesleben werde, »desto stärker wird für die paar Dichter die Nötigung, sich beinahe in eine Geheimsprache zurückzuziehen und sich auf die Wirkung im engsten Kreis zu beschränken – in ihrer Art haben George und Rilke das ja schon seit Jahrzehnten vorgemacht«.

Wie *Das Glasperlenspiel* sich von der deprimierenden Gegenwart durch eine Bestandsaufnahme aller konstruktiven Traditionen der Vergangenheit zugunsten des Entwurfes einer besseren Zukunft abhebt, ist auch das Märchen von der Jagd auf Hesses vogelfreien Doppelgänger in verschiedenen Zeitebenen angesiedelt. Einige Gestalten greifen zurück auf frühere Schriften wie z. B. der Gemeindeschreiber Balmelli (auf den Verfasser der ersten Hesse-Biographie Hugo Ball), die Dorfälteste Nina (auf die tabakschnupfende, stolze Greisin seiner Betrachtung »Wiedersehen mit Nina«, 1929), der vergnügte Mario (auf den gleichnamigen Winzer seines Berichtes »Nachbar Mario«, 1928), der vieltausendjährige Abelvogel (auf sein 1929 geschriebenes »Lied von Abels Tod«). Andere Figuren wie der Maler Klingsor, der Zaubervogel Piktor und der Morgenlandfahrer Leo verweisen auf fiktionale Selbstportraits in früheren Erzählungen. Personen wie der undankbare Schalaster und sein Vetter, der Bürgermeister Sehuster, sind verschlüsselte Gestalten aus der Entstehungszeit des Märchens, wie auch der vielwissende Geheimrat Lützkenstett auf den zeitgenössischen Schriftsteller und Journalisten Felix Lützkendorf (1906-1990) hinweist, der 1932 in Leipzig seine Dissertation *Hermann Hesse als religiöser Mensch in seinen Beziehungen zur Romantik und zum*

Osten veröffentlicht hatte. Der Ort der Handlung, das Montagsdorf bei Careno, ist Hesses Tessiner Wohnsitz Montagnola gegenüber dem Bergdorf Carona, die Palastruine des Malers Klingsor ist die Casa Camuzzi, die Hesse zwölf Jahre bewohnt hatte, bevor er das »rote Haus am Schlangenhügel«, die Casa rossa, beziehen konnte. Morbio inferiore, hoch über der Breggiaschlucht, dicht an der Grenze nach Italien, war die Endstation der *Morgenlandfahrt*. Die Verfolgung Vogels durch die Machthaber des ostgotischen Kaiserreiches ist sowohl eine Anspielung auf die gegen Hesse gerichtete Pressekampagne des wilhelminischen Deutschland im Ersten Weltkrieg als auch eine Vorwegnahme der nationalsozialistischen Intentionen, sich dieses in der Schweiz, also außerhalb ihrer Zugriffsmöglichkeiten lebenden »Nestbeschmutzers« entledigen zu können.
Trotz solcher realer und fiktionaler Kreuz- und Querbezüge zur Vergangenheit und Gegenwart der dreißiger Jahre liest sich das Märchen, als wäre es heute geschrieben. Denn es wird im Rückblick auf jene Zeit erzählt, »als Vogel noch unter uns lebte«, bevor er sich aus dem Staub gemacht hatte, weil es ihm hier zu plump zugegangen war und zu laut geknallt hatte. Um so gegenwärtiger ist er den Nachgeborenen. Denn sie haben »Vogel« so wenig

vergessen, wie seinen Chronisten Hermann Hesse, dessen Umstrittenheit und dessen beispiellose postume Wirkung in diesem Märchen vorweggenommen zu sein scheint. So ist es kein Zufall daß viele Einzelheiten in der Charakteristik Vogels an die Berichte erinnern, die 25 Jahre nach Hesses Tod in der Dokumentation *Hermann Hesse in Augenzeugenberichten* veröffentlicht wurden, worin Zeitgenossen, die ihm noch persönlich begegnet sind, ihre Eindrücke überliefert haben. »Erst in neuerer

Zeit, ja eigentlich erst seit er nicht mehr da ist«, lesen wir im »Vogel«-Märchen, »hat man versucht, ganz genaue und zuverlässige Auskünfte über ihn zu bekommen... Das alles wurde nun ausgeforscht und aufgeschrieben, und es war sonderbar, wie verschieden alle die Berichte und Beschreibungen lauteten, sowohl über Aussehen, Stimme und Flug des Vogels wie auch über seine Gewohnheiten und die Art seines Umganges mit den Menschen.« Doch genauer als alle diese Berichterstatter kannte der Erzähler selbst diesen Vogel. Was er über ihn mitteilt, sind so harmlose wie verfängliche Eigenschaften: So bekannt Vogel war, sei er doch ganz unscheinbar gewesen, klein wie ein Zaunkönig und keineswegs auffällig mit seinem graublonden Schopf und Gefieder. Er habe keiner eindeutig festzulegenden Art und Gattung angehört. Das galt auch für Hesse, der als Sohn eines Vaters mit russischer Staatsangehörigkeit zwar in Deutschland geboren, doch die längste Zeit seines Lebens in der Schweiz verbracht, deren Bürgerrecht erworben hatte und weder politisch noch gesellschaftlich eindeutig rubriziert werden konnte. Als weitere Irritation wird vermerkt, daß Vogel im Gegensatz zu anderen seiner Artgenossen, die doch »sonst harte, scheue und glasige Augen haben und einen nicht anschauen«, die Menschen

»ganz heiter und gewissermaßen wohlwollend« anblicke. Gleichwohl habe er sich nur ungern auskundschaften und belauern lassen. Kein anderes Tier sei so blitzschnell und stets zu einem Zeitpunkt, wo man nicht darauf gefaßt war, aufgetaucht und wieder verschwunden. (Wie Hesse selbst, dessen Werk von Generation zu Generation immer wieder totgesagt, dennoch auf den unterschiedlichsten Kontinenten der Erde stets neue Rezeptionswellen auslöst.) »Nie wisse man, woher er komme, immer sei er ganz plötzlich da, sitze in der Nähe und tue, als sei er da immer gesessen, und dann habe er diesen freundlichen Blick«. Er habe sich auf Magie verstanden, wobei es umstritten gewesen sei, ob er dabei weiße oder schwarze Magie getrieben und sich selbst verwunschen habe. Jedenfalls sei er vor seiner Verwandlung zum Vogel ein Zauberer gewesen und habe das rote Haus am Schlangenhügel bewohnt. Dort sei die Ausländerin Ninon, noch lange bevor er Vogelgestalt annahm, seiner habhaft geworden und habe ihn jahrelang gefangen gehalten.

Dann kolportiert der Erzähler zwei unter Hesse-Lesern geläufige Legenden über Vogels Beziehung zu Ninon, die, – obwohl sie beide der Realität nicht entsprechen – dennoch Elemente der biographischen Wahrheit enthalten: »Die einen erzählen, Ninon sei von Vogel verführt, ihm in die Wälder gefolgt, habe ihm wunderbare Speisen gekocht und ihn vollkommen zahm gemacht – die anderen sagen, sie habe dem Vogel so lange nachgestellt, bis es ihr gelungen sei, ihn zu fangen und in einen Käfig zu stecken, dort habe sie ihn bei schmaler Kost jahrelang gefangen, schmachten lassen.« Wie meistens bei Gerüchten, die sich widersprechen, muß man ihre Bestandteile nur etwas anders verknüpfen, um der Wahrheit näherzukommen. Eine Erforschung der überlieferten biographischen Dokumente würde dann etwa zu folgendem Ergebnis führen: Ninon habe dem Vogel so lange nachgestellt, bis es ihr gelungen sei, ihn zu fangen und in einen Käfig zu setzen. Doch dann sei sie, von Vogel verführt, ihm in seine Wälder gefolgt, habe ihm wunderbare Speisen gekocht und ihn vollkommen zahm gemacht. Dort aber sei nun wiederum sie selbst jahrlang gefangen gewesen.

Hesses Frau Ninon, die das Märchen zu ihrem 38. Geburtstag am 18. 9. 1933 in einem von Gunter Böhmer illustrierten Typoskript geschenkt bekam, war, als der Text 1945 in den Sammelband *Traumfährte. Neue Erzählungen und Märchen* aufgenommen werden sollte, begreiflicherweise keineswegs einverstanden mit einer Veröffentlichung dieser Passage und bat ihren Mann, sie zu streichen. Hesse antwortete ihr darauf: »Ich denke über jene Zeilen im ›Vogel‹ völlig anders als Du und habe mir selbst in Büchern wie dem von [Hugo] Ball und andern nie einen Eingriff erlaubt an Stellen, wo ich oder Freunde von mir auch einmal kritisch angefaßt werden. Die Lösung kann nur darin bestehen, daß ich Dir das Märchen, wegen dessen ›sogar‹ Böhmer Dich bedauert, opfere. Aber es würde mir richtig erscheinen, daß auch Du dabei ein kleines Opfer bringst, dem Verlag Fretz die peinliche Nachricht mitzuteilen, daß wir aus Familiengründen eines der Hauptstücke des Buches weglassen müssen.« Dazu ist es dann doch nicht gekommen. Das Märchen wurde in den Band aufgenommen, Hesse gab nach und hat den betreffenden Passus gestrichen. Wie aber kam es zu diesem Konflikt? So leutselig und gastfreundlich Hesse sein konnte, so ausgeprägt war sein Bedürfnis nach Einsamkeit, nicht aus unsozialer Absonderung, sondern um empfangsbereit zu bleiben in den unvorhersehbaren Augenblicken poetischer Einfälle, um, wie er sagt, den Gesang des »Zaubervogels« nicht zu verpassen, der scheu sei wie ein Schmetterling. Es ist, bemerkt Hesse in einem Brief vom Herbst 1953, was die Griechen Kairos nennen, »die gute Stunde, die rechte Zeit oder der glückliche Augenblick. Damit ein Werk entstehe, bedarf es des Kairos, nicht der Absicht und noch weniger eines fremden Auftrags.« Ihm offenzustehen, darauf war er als Lyriker angewiesen. So ist es kein Zufall, daß wohl die Hälfte der etwa 1600 Gedichte, die Hesse im Lauf seines Lebens schrieb, in der störungsfreien Zeitspanne schlafloser Nächte entstand. Denn nichts ist für einen Dichter lästiger als die zudringliche Reizüberflutung eines Alltags, der die Konzentration behindert. Dies war auch der Grund, warum sich Hesse so ungern auf langfristige Vereinbarungen einließ: »Für einen Schriftsteller ... ist der Gedanke, daß er am zwölften des übernächsten Monats unweigerlich in dieser oder jener Stadt vorzulesen habe, unter Umständen grauenhaft, wie leicht kann es sein, daß gerade dann günstige Arbeitszeiten sind, daß die gute Stunde da ist, auf die man so lange vergeblich wartet ... Nein, ich muß stets in der Nähe meiner Arbeitsstätte, allein, ungestört jeden Augenblick zur eventuellen Arbeit bereit sein. Wenn ich für morgen Abend nach Lugano zu Tisch eingeladen bin, so stört mich das, denn weiß ich, ob nicht morgen abend einer der schönen, der seltenen Augenblicke geflogen kommt, in denen mir der Zaubervogel singt, in denen die Wollust der Arbeit ruft?« Für jemand wie ihn, »der doch immerzu und jeden Tag sich heimlich zur Arbeit gerüstet wissen will«, gebe es kaum etwas Widerlicheres, als monatelang im voraus zu wissen, daß er an dem und dem vorbestimmten Tag da oder dort zu erscheinen habe, bemerkt er in dem Bericht über seine *Nürnberger Reise* (1927).

So hängt auch Hesses Scheu vor der Ehe in erster Linie mit der Rücksicht auf seine Arbeit zusammen: »Ich diene einem Gott, der eifersüchtig ist, wie Jehova« und keine Götter neben sich dulde, hatte er schon 10 Jahre zuvor an seine zweite Frau Ruth Wenger geschrieben.

Wer aus der Tatsache, daß Hesse dreimal verheiratet war, eine besondere Bindungsfreude vermutet, irrt. Keine dieser Ehen ist auf sein Betreiben hin geschlossen worden. Stets waren es die Frauen, die ihn dazu gedrängt hatten, um dann früher oder später die Konsequenzen dafür in Kauf nehmen zu müssen, sich über sein Freiheitsbedürfnis hinweggesetzt zu haben. So ist es kein Wunder, daß sich von Ehe zu Ehe der Widerstand vergrößerte, den er dieser Fessel entgegensetzte. Dauerte es bei seiner ersten Frau Mia anderthalb Jahre, bis er sich auf die Heirat einließ, so waren es bei Ruth bereits vier Jahre und fünf Jahre bei Ninon. Daß sich aus der Ehe mit ihr schließlich doch noch eine lebenslange und für beide Partner produktive Verbindung ergab, lag an Ninons Fähigkeit, nach und nach die werkorientierten Prioritäten ihres Mannes zu respektieren und sich auf einen langwierigen Lernprozeß einzulassen, den zu befördern auch das Märchen »Vogel« dienen sollte. Denn er schrieb es auch aus ihrer Perspektive, wie aus den zahlreichen Hinweisen auf Vogels unberechenbare Eigentümlichkeiten hervorgeht und aus dem lateinischen Quellenvermerk »Avis montagnolens. res gestae ex recens. Ninonis«; zu deutsch: »Die Taten des Vogels von Montagnola aus Ninons Sicht.« Ninon war eine durchaus rationale, auf Organisation und Systematik bedachte Frau, der Hesses scheinbar launenhafte Sprunghaftigkeit anfangs schwer zu schaffen machte. In den Monaten vor der Heirat hatte sie den Bau des neuen Hauses überwacht, das Hesses Züricher Freund und Mäzen Hans Conrad Bodmer (1891-1956) und seine Frau Elsy (1893-1968) finanziert und ihm auf Lebenszeit zur Verfügung gestellt hatten. Mit Hesses »Zigeunerwirtschaft« in der pittoresken alten Casa Camuzzi, wo er in den zurückliegenden zwölf Jahren nach der Trennung von seiner ersten Frau Mia ein Junggesellenleben geführt hatte, sollte es nun ein Ende haben, denn dafür hatte Ninon, die aus jüdischem Großbürgertum stammende Tochter eines Anwaltes aus Czernowitz, wenig übrig. Im September 1931 war es soweit, daß sie das »rote Haus am Schlangenhügel« beziehen konnten. Und dank der sanften Nachhilfe von Elsy Bodmer, Hesse möge sein Verhältnis zu Ninon nun doch endlich legalisieren, ließ er sich zwei Monate später tatsächlich darauf ein, sich ein weiteres Mal »den Ring durch die Nase ziehen zu lassen«, wie er am Vorabend der Eheschließung seinem Freund Heinrich Wiegand mitteilte. Weil er Ninon »nach dem Hausbau etc.« doppelt verpflichtet sei, könne er trotz seiner »Abneigung gegen die Zeremonie nicht anders«.

Als er seine »Ornitologia montagnolensis«, das

Gunter Böhmer zeichnet das »Rote Haus am Schlangenhügel«

»Vogel«-Märchen, schrieb, waren sie knapp anderthalb Jahre verheiratet, also noch in der ersten, kritischen Phase ihrer Ehe. Und der Kontrast zwischen dem unabhängigen, improvisierten Haushalt in den vier Stuben der Casa Camuzzi und dem neuen Lebensstil in der personalbedürftigen Villa konnte nicht größer sein. Nur dank des am Waldrand gelegenen Grundstückes mit seinem weitläufigen Garten gelang es Hesse allmählich, sich auf die opulentere Existenzform einzustellen und das Gefühl zu überwinden, in einem goldenen Käfig gefangen zu sein.

In jenen Jahren waren die ersten Bücher und Dissertationen über Hesse verfaßt worden. Sein Verleger hatte damit begonnen, Neuauflagen seiner bisherigen und auch seiner künftigen Bücher nicht mehr vereinzelt, sondern als »Gesammelte Werke« herauszugeben. Universitäten, ja sogar die Kulturpolitik fingen an, sich mit ihm zu befassen und dabei vor allem das zu ermitteln, was ihn von den Forderungen des Zeitgeistes unterschied. Diese Abweichungen waren beträchtlich. Denn der Zeitgeist war so beschaffen, daß es – wie es im Märchen heißt – jedesmal ein Glücksgefühl und Abenteuer bedeutete, Vogel zu begegnen. Dann sei es gewesen, wie wenn »für Augenblicke entweder die Kreatur ihre Angst vor dem mörderischen Menschen verloren hätte, oder wie wenn der Mensch selbst wieder in die Unschuld eines vormenschlichen Lebens einbezogen wäre«. Man habe danach »etwas wie Unbehagen oder Heimweh verspürt ... als werde man an ein Leben gemahnt, das zu leben man noch nicht fähig war«. Wie nach dem Anhören eines schönen Liedes, denke man nach der

Begegnung mit Vogel »an alles Schöne und Vorbildliche und nehme sich im Innern vor, ein andrer und besserer Mensch zu werden«. Dies ist übrigens auch eines der Leitmotive, welches viele der unzähligen an Hesse gerichteten Leserbriefe bestimmt und die auch heute noch benannt werden, wenn Leser aus aller Welt ihre Vorliebe für diesen Dichter begründen.

Hinzu kamen die höchst divergierenden Befunde der Wissenschaftler, die über Vogel im Umlauf waren, weshalb jene, die ihn kannten, sich fragten, ob es nicht gerade die Gelehrten seien, durch welche die Diskussion um Vogel soviel Ungewißheit und Widersprüche aufweise. Kein Wunder, daß seine Freunde dazu neigten, »gegen die Gelehrten den Vorwurf zu erheben, sie hätten nicht nur die Ausrottung Vogels auf dem Gewissen, sondern seien durch ihre Untersuchungen jetzt auch noch bestrebt, die Erinnerung an ihn und die Sagen von ihm in nichts aufzulösen, wie ja denn das Auflösen, bis nichts mehr übrigbleibe, zu den Beschäftigungen der Gelehrten zu gehören scheine«.

Mit der ihm eigenen Menschenkenntnis beschreibt Hesse, wie sogar ein Sympathisant Vogels angesichts der tausend Dukaten, die das Ostgotenreich für seine Auslieferung ausgesetzt hatte, in seiner Zuneigung wankelmütig wurde, so daß schließlich auch er ihn zur Strecke zu bringen versuchte. Es war sein gescheiter Bewunderer Schalaster, dem sich Vogel so häufig wie keinem anderen Mitglied der Gemeinde gezeigt hatte. Schalaster ist das altdeutsche Wort für Elster und aller Wahrscheinlichkeit nach eine Anspielung auf den Schriftsteller Hanns Martin Elster (1888-1983), der in den Jahren 1920-1929 mehrfach über Hesse geschrieben, eine Faksimile-Ausgabe seiner Erzählung »Das Presselsche Gartenhaus« herausgegeben und für die Deutsche Buchgemeinschaft Hesses Roman *Gertrud* in einem Nachwort gepriesen hatte. Doch als ihm das neue Deutschland die Gelegenheit zu einer wohldotierten Karriere bot, konnte er nicht widerstehen und übernahm ab 1933 die Schriftleitung der Zeitschrift »Das Dritte Reich« und der »NS-Beamtenzeitung«. Daß der Verrat Schalasters kein Einzelfall war, beweist eine ähnliche Episode, die sich zwei Jahre nach der Niederschrift des »Vogel«-Märchens zutrug. 1935 hatte Hesses Jugendfreund Ludwig Finckh (1876-1964) dem Herausgeber der nationalsozialistischen Zeitschrift »Die Neue Literatur« Will Vesper (1882-1962) Informationen für eine Pressekampagne gegen Hesse geliefert, die 1935/36 in deutschen Zeitschriften und Zeitungen ausgetragen wurde. Doch weder den Schrotschüssen Schalasters noch der

Polemik des Hesse in früheren Zeiten gewogenen Will Vesper sollte es glücken, Vogel zur Strecke zu bringen. Auf Nimmerwiedersehen für seine Verfolger hatte er sich davongemacht und ist seitdem zur Sage geworden. Es sei ihm damit, heißt es im Märchen, nicht anders ergangen als allen ungewöhnlichen Erscheinungen: »Daß die Enkel sich über die guten Geister der Großväter lustig machen, daß die hübschen und anmutigen Wesen eines Tages gejagt und totgeschlagen werden, daß man Preise auf ihre Köpfe und Bälge setzt und daß dann ein wenig später ihr Dasein zu einer Sage wird, die mit Vogelflügeln weiterfliegt.«

Gunter Böhmer, »Das Montagsdorf«

Gunter Böhmer und Hermann Hesse

1926 liest ein fünfzehnjähriger Gymnasiast in Dresden einen Aufsatz in der »Frankfurter Zeitung« mit der Überschrift »Aquarell« von Hermann Hesse. Der Verfasser ist ihm unbekannt, aber das Thema interessiert den zeichnerisch hochbegabten Schüler. War es sein Großvater, der mit Max Klinger befreundete Schriftkünstler und Lithograph, der ihm das Zeitungsblatt gegeben hat, oder war es seine Mutter, die selber aquarellierte? Wir wissen es nicht. Jedenfalls, dieser kleine Aufsatz schlug ein wie ein Blitz. Der Junge erkannte sich wieder in dem, was der unbekannte zeitungsschreibende Kollege da über seinen Antrieb zu Malen notiert hatte: »Keiner sieht, daß die Musik der Farben gerade in dieser Stunde ihre reinste, bestgespannte Stimmung hat, daß das Spiel der Töne, die Stufenfolgen der Helligkeiten, der Kampf der Schatten zu keiner Stunde dieselbe ist. Und wenn es Menschen geben muß, welche Häuser bauen, Wälder pflanzen, Wälder abhauen, dann wird es wohl auch einen Menschen geben müssen, der das alles sieht, der diese Mauern und Dächer in sein Auge und Herz einläßt, der sie liebt und zu malen versucht.« Auch er, der 15jährige Schüler Gunter Böhmer (1911-1986), war ein solcher

Mensch und jemand, der das geschrieben hatte, mußte ihn kennen und verstehen. Und weil solche Bestätigungen, damals ebenso selten waren wie zu allen Zeiten, begann er sich für den Verfasser zu interessieren, der ja, wie sich bald herausstellte, gar kein Maler, sondern ein offenbar bekannter Schriftsteller war. Sogar daheim im Bücherschrank gab es ihn. Und schon nach der Lektüre des ersten Bandes wußte Böhmer plötzlich, wie er berichtet, »daß man auch Verbündete hat, nicht nur Gegner«.

Vier Jahre später schreibt er seine Abiturarbeit über Hesse und 1932, als 21jähriger Student, der mittlerweile in Berlin bei Emil Orlik und Hans Meid Kurse in Freier Graphik belegt hatte, seinen ersten Brief an den Dichter:

»Bitte erlauben Sie mir, das zu wagen, was doch wohl endlich sein muß, weil es wirklich von Herzen kommt«, beginnt sein erstes Schreiben vom Mai 1932, »Ihnen meine innigste Dankbarkeit und Liebe zu Ihrem Werk zu versichern. ›Endlich‹ sage ich, weil ich schon lange vergeblich nach einer bescheidenen, anspruchsloseren Form gesucht habe. – Bereits als Sekundaner hatte ich einmal viele Taschengelder zusammen gespart, um Ihnen einen Packen schöne, edle Büttenpapiere zum Malen schicken zu können, – ich unterließ diese kindliche Huldigung. – Als Primaner schrieb ich in heißen Nächten einen Schulaufsatz über Sie, das heißt *an* Sie. Er enthielt folgende Stelle: Lieber Hermann Hesse, nimm mich, bitte, in die Gemeinschaft der Hans Giebenrath, Hermann Heilner, Karl Bauer, Paul Abderegg, Knulp, Emil Sinclair auf! Wir traurigen Schulbuben sind Dir, liebster Hermann Hesse, so unendlich viel Dank schuldig. Keiner hat unsere Nöte und Qualen, unsere heimlichen Leiden und wehmütigen Freuden im Innersten so nachempfinden und gestalten können wie Du, niemand hat uns so väterlich verstehend aus unseren seelischen Wirrnissen in klare schöne Gefilde geleitet. Niemand hat auch so offen und zart über das Aufblühen unserer ersten, jünglingsscheuen Liebe gesprochen, und niemand wird uns feinfühliger in unser eigenes Herz blicken heißen, wie gerade Du, teuerster Hermann Hesse! – Wie fein hast Du uns auch das träumende Wandern gelehrt, das rhythmische Empfinden und das innige Betrachten der kleinsten Gräser, der Wolken, der Sterne – aller Natur – Ich sollte Ihnen diesen Aufsatz schicken, aber das Lob der Herren Studienräte ließ mich mißtrauisch werden. –

Dann bezog ich die Akademie (erst in meiner Heimat Dresden, jetzt in Berlin) und hatte den Plan, zu Ihren Werken Radierungen anzufertigen. Aber

weil ich ohne Ihre Erlaubnis zu diesem Unterfangen irgendwie ein schlechtes Gewissen gehabt hätte, unterblieb es bisher.«
Diesem in Böhmers schwungvoll kalligraphischer Handschrift verfaßten Schreiben beigelegt waren einige seiner wie hingehaucht schwerelosen frühen Radierungen, deren handwerkliches Können den Absender des Briefes von den üblichen Adoranten unterschied. Hesses Antwort zwei Tage nach Eintreffen der Sendung ist charakteristisch. Obwohl er sich keineswegs nach Erweiterung seiner ohnehin schon viel zu großen Korrespondenz sehnt, erkennt er doch sofort das Ungewöhnliche dieses Falles: »Es ist Ihnen gelungen, mir eine Freude zu machen, das schätze ich hoch, es ist selten. Aber sehen Sie, ich bin nicht mehr jung, und seit Jahren augenleidend, und jeden Tag kommt eine Menge von Post, und … da muß ich mehr als die Hälfte der Kraft und des Augenlichts, die ich noch habe, in diese Post stecken statt in meine wirkliche Arbeit.« Auf dem Korrespondenzweg also konnte Hesse weder der Zuneigung noch den graphischen Talentproben des jungen Briefschreibers gerecht werden. So revanchierte er sich mit der aquarellgeschmückten Abschrift seines neuen Gedichtes »Die Morgenlandfahrt« und ersetzte, was seiner Antwort an Zuwendung fehlen mochte, durch eine

Eine Seite aus Gunter Böhmers Malertagebuch von 1934

Drucksache mit Zeitungsausschnitten einiger in Buchform noch unveröffentlichter Texte. Außerdem machte er dem jungen Kunststudenten in einer seiner nächsten Antworten auf dessen zauberhafte Bilderbriefe einen Vorschlag, wie er ihn von sich aus höchst selten an Unbekannte gerichtet hat: Er solle ihn doch einfach einmal besuchen, wenn er in der Schweiz oder auf der Durchreise nach Italien sei. Böhmer erhielt diese Sendung in Berlin-Charlottenburg, »gerade als unter meinem Fenster ein grauenhafter politischer Kampf tobte«. Damals hat er wohl zum ersten Mal erlebt, wie zaubergleich genau Hesse auch die jeweils aktuellen Konstellationen zu treffen verstand. Denn das beigefügte »Morgenlandfahrt«-Gedicht erwies sich als merkwürdig aktuell, setzte es doch der politischen Kumpanei der bündischen Jugend, deren Gewehrsalven soeben die Fensterscheiben des Nachbarhauses zertrümmert hatten, die weder organisierbare noch gleichzuschaltende Gemeinschaft der Don Quichotes und Steppenwölfe entgegen. Daß Hesse sich in dem jungen Malerkollegen nicht getäuscht hatte, zeigt Böhmers Reaktion: Durch dieses Lebensgleichnis, heißt es in seiner Antwort, fühle er sich gemahnt, statt »einer Partei beizutreten oder einem Tagesgötzen zu dienen, dem eigenen Stern zu folgen« und damit der inne-

ren, unzeitgemäßen Gesellschaft der »Morgenlandfahrer entgegenzureifen, einer Gemeinschaft über den Parteien, in der man vertrauensvoll den Weg zu sich selber gehen kann«.
So gern er am liebsten gleich dem gastfreundlichen Wink Hesses in den Süden gefolgt wäre, zieht er es, angesichts der bedrohlichen politischen Lage, doch vor, so rasch wie möglich sein Akademiestudium hinter sich zu bringen. Endlich, Mitte April 1933, wenige Wochen nach Hitlers Machtergreifung, konnte er aufbrechen. Das Studium war abgeschlossen, und die Reise auf die Südseite der Alpen wurde zu einer Wallfahrt mit bedeutsamen Stationen. Dabei ließ er sich Zeit. Denn »nur die Konzentration, das Betrachten einer Sache in Ruhe führt zu Intensität«, hat er auch später als Professor für freie Graphik an der Stuttgarter Kunstakademie (von 1960 bis 1976) seinen eigenen Schülern gegenüber immer wieder betont.
Nun galt es, Orte, die ihm durch Lektüre längst vertraut waren, erstmals in Wirklichkeit kennenzulernen, ihr inneres Bild mit dem äußeren in Einklang und auf den Skizzenblock zu bringen. Als er einen Monat später in Montagnola eintraf, kam er nicht mit leeren Händen, sondern überraschte Hesse mit Bildern aus dem Würzburg von *Narziß und Goldmund*, das Hesse in einer Reisebeschrei-

bung als Geburtsort seiner Wahl für eines seiner künftigen Leben vorgesehen hatte, sowie mit Motiven aus Maulbronn und Hesses wirklichem Geburtsort, dem für jeden seiner Leser legendären Calw. Hier hatte er bereits manche der Eindrücke skizziert, die ein Jahr darauf in dem Buch über Hermann Hesses Mutter veröffentlicht werden sollten*: Bilder von kleinstädtischen Giebel- und Waldlandschaften mit geheimnisvollem Wolkengefieder im weiten Himmel, worin hauchzarte Sichelmonde die *Stunde hinter Mitternacht* anzeigten. Und Hesse, dessen eigener Werdegang mit eben solchen romantisch-melancholischen Gebilden begonnen hatte, reagierte voll des Lobes und der Ermutigung.

Der Empfang in Montagnola war herzlich, wenn sich auch für Hesse die Ereignisse in diesen Wochen des ersten Andrangs von Flüchtlingen aus Hitler-Deutschland etwas überstürzten. Nach Thomas Mann mit seiner Familie hatten ihn der Verleger Kurt Wolff und Kollegen wie Bruno Frank, Bertolt Brecht, Bernard von Brentano und Kurt Kläber aufgesucht. Die Gastzimmer waren belegt durch Lore und Heinrich Wiegand, dem aus Leip-

* Siehe *Marie Hesse. Die Mutter von Hermann Hesse.* Ein Lebensbild in Briefen und Tagebüchern. Von Adele Gundert. Mit Lithographien von Gunter Böhmer. Insel Verlag, Frankfurt am Main 1977 (insel taschenbuch 261).

zig geflohenen Publizisten und Herausgeber einer Arbeiterzeitung, welchem bald andere Emigranten und Logiergäste folgten. Deshalb hatte Hesse dem jungen Maler, da dieser bis Jahresende zu bleiben beabsichtigte, ein Atelier im Dachgeschoß des mitten im Dorf gelegenen Palazzo Camuzzi gemietet, den er selber von 1919 bis 1931 bewohnt hatte. Am 5. Mai 1933 zog Böhmer dort ein. Eine Federzeichnung und ein kleines Aquarell, auf dessen Rückseite er Hesse seine Ankunft meldete, zeigten den 22jährigen wie er aus einem ovalen Mansardenfenster hinüberwinkt zur Casa rossa, dem »roten Haus am Schlangenhügel«, Hesses neuem Domizil auf dem gegenüberliegenden Hangrükken. Die Wirklichkeit hatte die Phantasie eingeholt.

Es traf sich gut, daß Hesses Verleger Samuel Fischer mit Familie zu Pfingsten seinen Besuch angekündigt hatte, denn nichts war für den jungen Maler nun wichtiger, als Aufträge und Publikationsmöglichkeiten zu finden. Um diesem Wunsch etwas Nachdruck zu verleihen, schlug Hesse dem Verleger die Bebilderung seines längst vergriffenen Jugendwerkes *Hermann Lauscher* vor, ein Buch, das ihm sowohl mit dem Alter als auch mit den Ausdrucksmöglichkeiten des jungen Malers zu harmonieren schien. S. Fischer willigte ein, und noch im Oktober desselben Jahres wurde das Frühwerk mit 25 Zeichnungen von Gunter Böhmer veröffentlicht.* Es war das letzte Buch von Hermann Hesse,

* Siehe Hermann Hesse, *Hermann Lauscher*. Mit Zeichnungen und einem Nachwort von Gunter Böhmer. Insel Verlag, Frankfurt am Main 1976 (insel taschenbuch 206).

das der Verlagsgründer noch selbst erlebte. Es hatte die siebte Auflage erreicht, als er ein Jahr darauf im Alter von 75 Jahren starb.
Wie drei Jahre später auch bei einem anderen jungen Emigranten, dem Schriftsteller Peter Weiss, der sich damals noch als Maler durchschlug, sorgte Hesse umsichtig und, wenn es sein mußte, sogar durch private Aufträge dafür, daß seine Schützlinge nicht zu verzagen brauchten angesichts des Desinteresses ihrer Umwelt. So bestellte und honorierte er, kaum daß die *Lauscher*-Illustrationen an den Verlag abgesandt waren, bei Böhmer zwei Bilderzyklen zu seinem neuesten Märchen »Vogel«, einen davon als Geschenk zum 38. Geburtstag seiner Frau Ninon, den anderen für den Erbauer des Hauses in Montagnola, seinen Zürcher Mäzen Hans Conrad Bodmer.
Die Mischung von Magie und Schalkhaftigkeit in dieser Geschichte muß Böhmer während dieser ersten gemeinsamen Monate besonders beschäftigt haben; man findet sie wieder in manchen seiner damaligem Illustrationen und Portraitzeichnungen, z. B. in der Stilisierung von Hesses Strohhut, den er auch andernorts in einen Zauberhut zuspitzte.
Das Titelblatt zu seinen »Vogel«-Illustrationen ist dreigeteilt. Das Blickfeld bestimmt eine an Mozarts

Märchenoper *Die Zauberflöte* erinnernde Papagena mit geschultertem Käfig, aus dessen Gittern der Pfauenkopf eines Vogels herausschaut. Links und rechts von der die Siegesfahne schwingenden Vogelfängerin sieht man Wolken, Schmetterlinge und Katzen, deren Bedeutung jedem Hesse-Leser vertraut ist. Der mittlere Teil des Titelblattes mit einer an »Tausendundeine Nacht« erinnernden orientalischen Zelt-Szene, worin ein Märchenerzähler seinen Zuhörern vorliest, verweist auf das der »Vogel«-Geschichte vorangegangene Märchen von der *Morgenlandfahrt.* Der den Verfassernamen tragende untere Teil der Zeichnung mit dem von einer Flinte durchkreuzten Buch nimmt sowohl den Inhalt der Geschichte als auch das politische Klima der bevorstehenden Jahre vorweg.

Einen seiner ersten gemeinsamen Malausflüge mit Hesse hat Gunter Böhmer beschrieben und illustriert. Durch solche Expeditionen vertraut mit dem Ambiente des »Montagsdorfes«, gelingt es ihm, auf seinen in den Text eingestreuten Federzeichnungen die realen Schauplätze der Erzählung authentisch wiederzugeben: das Haus des Zauberers am Schlangenhügel, die zinnengeschmückte Brüstung der Casa Camuzzi, das Rathaus des Dorfes und schließlich den Zauberer selbst sowie Ninon, die »Ausländerin«.

Über die fast zeitgleich mit den Bildern zum »Vogel«-Märchen entstandenen *Hermann Lauscher*-Illustrationen schrieb Hesse im Juli 1933 an seinen Sohn Bruno: »Böhmer hat ein natürliches Talent zur Leichtigkeit und Grazie, er gibt jeder Zeichnung sofort etwas mit, was gefällt und besticht. Aber darin liegt auch viel Gefahr, und das Schöne ist, daß er das weiß und daß man mit ihm darüber reden kann ... wenn man mit ihm spricht, und er nebenher mit einem Bleistift auf einem Notizblock etwas skizzierend andeutet, dann ist das immer gleich so hübsch und fertig, daß man denkt, er würde die Illustrationen nur so aus dem Ärmel schütteln. Vielleicht wird er das später einmal, es ist möglich, jedenfalls besteht diese Gefahr für ihn. Vorerst ist er aber höchst gewissenhaft, und er hat zu mir eine so rührende Liebe und Verehrung, daß er die paar Zeichnungen zum ›Lauscher‹ als eine heilige Aufgabe ansieht.«

Aus dem zunächst nur bis Jahresende geplanten Aufenthalt des jungen Malers in Montagnola sollte (mit einigen Unterbrechungen) ein lebenslanger werden.

Daß Böhmers Anhänglichkeit für den mehr als dreißig Jahre Älteren auch ihre Gefahren hatte, konnte Hesse, der ja in vielen seiner Bücher die Selbstbestimmung thematisierte, nicht entgehen. So hat er Böhmer meist schalkhaft und scheinbar beiläufig mit den Wortspielen wie »Geben Sie acht, daß Ihr verehrtes Vorbild sich nicht als verbohrtes Ehrbild herausstellt«, zu verunsichern und problembewußt zu halten verstanden. »Hesses Wesen und Strahlung«, erinnerte sich der Maler vierzig Jahre später, »aktivierten stets das Gewissen, nicht in einem moralischen, sondern in einem befreiend kreativen Sinn. Es gelang ihm mit der Gebärde des Spiels, des dialektischen Ballwerfens, schalkhaft und listig.«

Immer häufiger macht sich Böhmer nun frei von Montagnola, um sich im Verlauf langer Auslandsaufenthalte, sei es in Italien, sei es in Frankreich, mehr und mehr seiner eigentlichen Passion und Aufgabe, der Malerei, zuzuwenden. Die Entwicklung, die er dabei durchläuft, ist vehement. Zwischen der erzählerischen Detailakribie des Zwanzigjährigen und der kühnen, alle bildnerischen Techniken virtuos beherrschenden Präzision seiner späteren Studien zu *Klingsors letzter Sommer* (1940), dem *Tagebuch eines Malers* (1944), den Lithographien zu Faulkners *Scheckige Mustangs* (1965) liegen Welten. Entsprechend vehement sind auch die inneren Stürme, die es in den ersten politisch explosiven und »auf schwelenden Sprungbrettern« verbrachten Jahren zu bestehen galt. »Verehrung mit Nachahmung zu verwechseln«, schreibt er 1936 in einem Brief an Hesse, »war auch so eine dumme deutsche Angewohnheit von mir ... Ich mußte mal gründlichst Abrechnung halten, mit

Gunter Böhmer vor dem Mansardenfenster seines Ateliers in der Casa Camuzzi schreibend.

mir, meinen Eltern, meinen Freunden, meinen Vorbildern. Es gingen viele Standbilder in Stücke, auch gegen das Ihre wurde geschleudert. Und siehe da, es hielt stand. Ihr Schweigen, eine kleine, spöttische Bemerkung, ein Blick, eine Bewegung, all das, was in meinen Riß hinein traf und mir wehtat, das war nämlich gerade das wirklich Freundschaftliche. Sie kleisterten diesen Riß nicht wie die meisten ›Freunde‹ mit dieser süßlichen Liebe und Güte zu. Sie drückten auch nicht mit Ermahnungen oder Ratschlägen an dieser empfindlichen Frucht herum, sondern ließen sie reifen. Jetzt ist alles aufgebrochen. Sie glaubten wirklich an mich, sonst hätten Sie mich Verirrten längst von sich gewiesen.«

Obwohl Hesse gerade bei seinen Freunden keineswegs zu besonderer Nachsicht geneigt war, verstand er es doch, wann immer er korrigieren und verletzen mußte, seine Kritik durch überraschende Gesten der Zuneigung zu mildern. Böhmer hat dies, wie er in mancherlei Episoden erzählt, ebenso oft erfahren wie Hesses direkte Fürsorge, sei es in finanziellen Krisen oder bei Mißgeschicken wie einem Honorardiebstahl im Eisenbahncoupé, worauf Hesse ihm den entwendeten Betrag anonym mit folgendem Briefchen ersetzte: »Sehr geehrter Herr! Tut mir leid, daß ich Ihnen das Geldchen geklaut habe, wußte nicht Bescheid, Sie sahen so wohlhabend aus. Das Ihre ist längst verjubelt, Kleinigkeit bei diesen Preisen! Doch konnte ich soeben einen anderen um zwei Scheine erleichtern, die ich beilege. Der Betreffende an den Betroffenen.«

Auch die Sendung »selbstgezüchteter, echt Montagnoleser Delikatess-Edel-Sonnenblumenkerne« als »bestes Futter für Maler und Vögel«, mit denen Hesse Böhmer in Paris versorgte, vielleicht um ihn auf bevorstehende Stunden im Garten einzustimmen, gehört zu seiner Art von verschmitzer Zuwendung.

1938 wurde Georg Hartmann, der Inhaber der berühmten Bauerschen Schriftgießerei in Frankfurt am Main, auf Böhmer aufmerksam. In den USA hatte er beim damaligen Stefan-Zweig-Verleger Herbert Reichner Bilder von ihm gesehen und war davon so angetan, daß er ihm das Angebot zu einem großen Illustrationsprojekt nach eigener Wahl machte. »Ich habe ihm geantwortet«, schrieb Böhmer am 1. 1. 1939 an Hesse, »daß ich jetzt nur ein Buch auf der ganzen Welt illustrieren könnte und möchte: den Klingsor. Herr Hartmann hat darauf begeistert zugestimmt – hoffentlich sind Sie einverstanden.« Hesse war es und schrieb für diesen Band sogar ein eigenes Nachwort. Aber das Buch selbst ereilte ein zeittypisches Schicksal. Kurz vor der Imprimatur, Anfang 1944, zerstörten die Bombenangriffe auf Frankfurt sämtliche Druckplatten. Nur Entwürfe und Probedrucke von Böhmers insgesamt 66 Aquarellen und Zeichnungen sind erhalten geblieben. Sie bildeten die

Illustration aus H. Hesse, »Stunden im Garten«, Zürich 1948

Grundlage für eine anläßlich des 50jährigen Bestehens des Suhrkamp Verlages herausgegebene bibliophile Sonderausgabe.*

Das nächste von Böhmer bebilderte Hesse-Buch war eine 1948 im Auftrag der Schweizer Büchergilde Gutenberg illustrierte Ausgabe der im Juli 1935 entstandenen Hexameter-Idylle *Stunden im Garten.* Seine mit sparsamsten Mitteln und geradezu japanischer Leichtigkeit in den Text hineinge-

* Siehe Hermann Hesse, *Klingsors letzter Sommer.* Erzählung. Mit Zeichnungen von Gunter Böhmer. Frankfurt am Main 2000.

spielten Zeichnungen und Aquarelle mochte er später nicht wieder nachdrucken lassen. Er hat das Bändchen 1975, zusammen mit Hesses anderer Hexameterdichtung »Der lahme Knabe«, für eine Ausgabe der Insel-Bücherei völlig neu illustriert und mit einem Nachwort versehen, worin er so anschaulich wie in den Bildern seine Erinnerungen an jene mit Hesse gemeinsam erlebten Gartenszenen festhielt.

Nach dem Krieg versuchten zahlreiche Verleger Gunter Böhmer als Illustrator und Buchgestalter an sich zu binden. Die Bilanz ist erstaunlich: mehr als 500 Bücher hat er gestaltet und etwa 200 illustriert, darunter viele Werke der Weltliteratur. Zu seinen Auftraggebern gehörten auch Peter Suhrkamp und Siegfried Unseld, für die er in den fünfziger und sechziger Jahren dekorative und einfallsreiche Schutzumschläge entworfen hat wie die mit einem chinesischen Symbol grundierte Schriftkomposition zum *Glasperlenspiel* (Suhrkamp-Hausbuch von 1957) oder die schwungvoll kalligraphierten Umschläge zu den Erstausgaben von Max Frischs *Stiller*, Martin Walsers *Ehen in Philippsburg* und zu Hesses *Gesammelten Werken in Einzelausgaben*. Doch wenige Jahre nach Suhrkamps Tod wurden sie abgelöst durch eine neue, statischere Optik. Ihr unbestrittener Meister war Willy Fleckhaus, der mit linearen Elementen, plakativen Spektralfarben und artifiziellen, gelegentlich auch modisch gestylten Schrifttypen zum Schrittmacher einer souverän-ruhigen, hermetisch edlen Umschlaggestaltung wurde. Zwischen Böhmer, dem von den Inhalten besessenen, asketischen Maler, und Fleckhaus, dem die Zeitströmungen transformierenden, verwöhnten Designer, gab es kaum Gemeinsamkeiten. Dies zeigte sich einmal mehr 1974, als der großformatige Illustrationszyklus, den Böhmer für die *Steppenwolf*-Nummer der »Suhrkamp-Literatur-Zeitung« geschaffen hatte, in die Typographie des Blattes einbezogen werden sollte. Fleckhaus, der diese übrigens nur kurz überlebensfähige Zeitung zu gestalten hatte, lehnte es ab, die Arbeiten Böhmers zu verwenden. Statt dessen benutzte er photographisches Bildmaterial, das er effektvoll zu beschneiden und zu arrangieren verstand. Erst sieben Jahre später ist es dann gelungen, diesen auf Zeitungsmaß angelegten Illustrationszyklus zu veröffentlichen in einer großformatigen bibliophilen Buchausgabe. Der Band, der von Böhmer selbst, wie immer mit der größten Sorgfalt bezüglich der diffizilen Balance zwischen Schrift- und Bildseiten, betreut wurde, ist eines seiner eindrucksvollsten Spätwerke. Wie der kurz darauf entstandene, in ähnlichem Format publi-

zierte Bilderzyklus zu Manfred Hausmanns späten Liebesgedichten *(Der golddurchwirkte Schleier)* wurde das Buch mehrfach prämiert.

Das letzte Werk Hermann Hesses, das Böhmer 1984 zu bebildern reizte, war der frühe Roman *Unterm Rad* in der zeitkritischen Urfassung von 1903. Über den zehn zauberhaft zarten, ganzseitigen Textillustrationen, deren Anschaulichkeit und Transparenz merkwürdig mit frühen *Lauscher*- und »Vogel«- Zeichnungen korrespondiert, liegt ein schwermütiger Schleier. Durch eine Aquarelliertechnik von lavierenden Schwarz- und Grautönen auf weißem Grund hat er es auf bezwingende Weise verstanden, die Tragik der Handlung mit der ahnungsvollen Gewißheit des eigenen Abschieds zu verbinden. Diesem letzten von ihm illustrierten Buch hatte Böhmer (wie zuvor u. a. zu Thomas Manns *Bekenntnissen des Hochstaplers Felix Krull* oder zu Robert Walsers Roman *Der Gehülfe;* Büchergilde Gutenberg 1975 und 1983) eine Folge von freien, außerhalb des fortlaufenden Textes zusammengefaßten Zeichnungen hinzugefügt. Es sind Sequenzen von visionärer Kraft und Eindringlichkeit, in welchen sich traumgleich mehrere Szenen überlagern und verketten.

Der formale Gegensatz zwischen den hier erstmals veröffentlichten »Vogel«-Illustrationen des jungen Böhmer und den Liniengespinsten seiner späten Paraphrasen zu Hesses Frühwerk *Unterm Rad* kann nicht größer sein. Gemeinsam aber ist diesen Arbeiten der liebevolle Dienst am Text, sei es mit der Unbefangenheit der Jugend, sei es mit den Erfahrungen des Alters.

Volker Michels

Frankfurt am Main, im August 2000

So etwas Ähnliches verbrach ich einst - - - leider!!
13.7.82
VOGEL
Zum 18. Sept. 1933
EIN MÄRCHEN
VON HERMANN HESSE
Entwurf zum Entwurf

Zu dieser Ausgabe

Der Text folgt der definitiven Fassung des Märchens, die Hesse 1945 in den Sammelband *Traumfährte. Neue Erzählungen und Märchen*, erschienen im Verlag Fretz & Wasmuth, Zürich, aufgenommen hat. Die Illustrationen Gunter Böhmers entstammen den beiden Bilderzyklen, die er 1933 im Auftrag des Dichters als Geschenk für Ninon Hesse und Dr. Hans Conrad Bodmer angefertigt hat. Die Originale befinden sich heute im Deutschen Literaturarchiv Marbach/Neckar, dem wir für die Reproduktionsvorlagen danken, insbesondere Frau Viktoria Fuchs, die dort das Hesse-Archiv betreut. Weitere Zeichnungen Gunter Böhmers aus seinen ersten, in Montagnola verbrachten Jahren stammen aus Privatbesitz und dem Hermann-Hesse-Editionsarchiv von Volker Michels. Wir danken ihm, Frau Lene Gundert und Herrn Michael Limberg für das zumeist im Nachwort erstmals veröffentlichte Material.